clever and funny,

wild and **free**.

When I grow up, I want to **be** . . .

big and strong,

and **tall** as a tree.

When I grow up, I want to **go**
all over the world,
in sun and **snow**.

When I grow up, I want to **do** ...

kind things, loving things . . .

just like **you**.

When I grow up, I want to **be**
all the things that make me . . .

me!